Ernestine Gira
Edition Wendepunkt

WIA DA SCHNOWI GWOXN IS

Ernestine Gira

WIA DA SCHNOWI GWOXN IS

Edition Wendepunkt

Hinweis:
Dieses Buch beinhaltet Gedichte in Umgangssprache. Sowohl die Mundart wie auch die Schreibweise, sind weder an eine bestimmte Form oder Region gebunden. Die Texte entsprechen ausschließlich der Interpretation der Autorin.

Titelseite – Baumschnitzerei an einem Parkplatz in Gerlos/ Zillertal-Tirol aufgenommen von Ernestine Gira

1. Auflage März 2012
Gesamtherstellung: Edition Wendepunkt, Hebbelstraße 6
92637 D Weiden, Tel. 0961-45783, www.ew-buch.de
Druck: print-to, Hebbelstraße 6, D 92637 Weiden

ISBN 978-3-942688-28-4

GUADN ABÄDIT

Wia woa do schä de Zeit,
in da Vagaungenheit,
wia ma ollas gessn hod mit Lust,
bedenknlos und ohne Frust.

Leida is es hiatzt voabei und aus,
mid an guadn, gsundn Schmaus.
A Rindfleisch essn, is passä,
do kriagt man sunst nu BSE.

Des Schweinane, is a ned ohne,
is vamutli voipumpt mid Hoamone.
Sogoa d'Hendl, d'Eia und da Fisch,
keman mid Salmonelln aufm Tisch.

Ißt ma nua Gmias, wos gsund und leicht,
is ma unta Umständ söwa genvaseicht.
Drum lewi in Zukumpft - bis i stiab -
va da Luft und va da Liab.

DES APRÜWEDA

Da Petrus, dea im Himmi obm,
unsa Weda mocht is ned zan lobm,
wäu ea vawexlt Sunn mid Schnä,
gfriat im Summa ei den See

und losst den Wind recht blosn,
dass an Stuam gibt an famosn.
So haum de Leit si daun beschweat,
ban Heagod, dass auf dera Ead,

des Weda schlecht und mies
und da Petrus maunchmoi fies.
Ea lossts regna, so dass ollas schwimmt
und daun wochnlaung a Dürre kimmt.

Drum da Heagod jetzt bestimmt,
das an neichn Wedamocha ea aufnimmt,
denn da Petrus is a oida Mau,
dea si nimma ollas meakn kau.

Obm nia aun Grechtigkeit es maunglt,
da Heagod si a jungi Fräun aunglt,
de leana muas de Woikn z'schiabm,
und im Novemba grau de Luft eifiam.

Owa des zoagt da Petrus gaunz genau,
so das des Fräulein wiad recht schlau
und noch an guadn Joah sie jeda kennt,
d'Wedafräun wiads nua mea gnennt.

AUFM AUMT

Noch Wochn is es hiazt soweit,
a wichtigs Aumt hod fia mi Zeit.
Aum Freida um zehni Voamittog,
howi zan duat sei, ohne Frog.

Pünktli steh i voa den Riesnhaus
und kenn mi hint und voan ned aus.
Es steht a nix auf mein Papia,
aum bestn, i frog do den Poatia.

„Dritter Stock, Tür Fünf-Null-Vier!"
kriag i ois Auntwoat jetzt dafia.
Ohne Aufzug howi mi auffiplogt,
wo a Dame in den Zimma za mia sogt:

„Leider kann ich hier nichts für sie tun,
die Akten im ersten Stock unt' ruh'n".
So bini zwoa Stäck tiafa gaunga,
um de Soch va voan auz'faunga.

Dea Beaumti trockn moant: „Werte Frau!
Hier sind sie falsch, ich weiß es ganz genau.
Ihr Akt ging weiter, ist nicht mehr bei mir,
er liegt im 4. Stock auf Vier-Null-Vier!"

Im viatn Stock mocht ma mia kloa,
dasa iwahaupt nu ned ba eana woa!
„Sicher wird er im Paterre erledigt,
bitte geh'n sie runter, sind's so gnädig!"

„Bei uns!" so stöht de Dame fest,
„man absolut nix liegen lässt!
Er wurde in den 5. Stock geschickt,
wo er zur Enderledigung aufliegt!"

Im 5. Stock, do hängt a Zeddl aun da Tia.
„Heut' die Abteilung ist geschlossen hier!"
So valossi des Aumt voa Gift und Goi
und schwäama hoamli, i kimm koa 2. Moi!

DE AUSKUMPFT

Letztn Summa voa oan Joah,
wia d'Stod bumvoi Tuaristn woa,
haum etla Fremdi mi wos gfrogt
und i – wäuli do sprochbegobt –

hob Auskumpft gebm froh,
mit Jäs und Igen, Si und No.
Nua wia a Kinäs mi gfrogt,
do howi mi a wengal plogt.

Hob hoid reagiat wia ea
und a eawiesn eam mei Eah.
So haum mia zowa a Wäu,
uns nua vaneigt zan Täu.

Dazwischn hauma freindli grinst
und uns jeda denkt: „Du spinnst!"
Noch oana guadn hoibm Stund,
woas dem Kinäsn z'bunt:

„Walum du nul vaneigen?
Nix leden und nul schweigen?
Kannst du nix deitsch mia sagen?
Blauxt mich bloss was flagen!"

DE AUSSTEIGA

Ziemli voa an Joah genau,
san da Hauns und d'Ehefrau,
ausgstiegn aus den oidn Lebm,
wäus nua mea Streß hod gebm.

Und wäus reif fia d'Insl woan,
haum de zwoa koa Zeit valoan.
Haum vakaft ea Hob und Guat,
san in da söbm Nocht nu fuat.

Heit sans söwa Südsee-Insulana,
nua eanre Soagn san ned kloana,
wäu d'Aussteiga wean oiwäu mea
und olli ziagns za eana hea.

DE BESCHWEADE

Weate Damen, weate Hean
i muaß mi heit amoi beschwean.
So behaupt i kuaz und bündig,
des Thema heit, is hintagründig.

I deng und deng, mia foit nix ei
und schuid duat nua des Thema sei.
Is sogs gaunz kuaz und bündig,
meini Gedaunkn woan sogoa sündig.

I leg mi nieda - schau hots kloppt,
auf oamoi howi a poa Wease ghobt.
Jetzt hobts äs kuaz und bündig,
letztendli wiari do nu fündig.

Wos ma eifoit schreib i hiazt auf
und ocht auf d'Läng ned weida drauf.
Drum moani oafoch kuaz und bündig,
schließli is ma a ois Dichta mündig.

Jetzt howi eng mei Meinung gsogt,
obwoi mi koana drum hod gfrogt.
So schliaß i oafoch kuaz und bündig,
bevoa ma wea sei Freindschoft kündigt!

LOSS D'BLUMAN REDN

Biswäun gibt's va Zeit zu Zeit,
a zwischn Eheleit an Streit.
Genau wia ba da Leni und ban Gust,
si streidn nua aus puan Frust.

Drum san de näxtn Tog recht stüh,
wäu koana midn aundan redn wü.
Laungsaum siacht da Gust do ei,
ma deaf jo wiakli ned so sei

und bringt zan Vasöhnungsschriad,
dunglrodi Rosn fia sei Leni mid.
Natiali woa si gaunz hingerissn,
hod si aun sein Hois higschmissn

und frogt: „Mei liawa Mau dua losn,
wos sogn ma denn de rodn Rosn?"
Ea locht und moant eafindarisch:
„Des woas i ned, de redn holländisch!"

DA WICHTIGSTE BRIAF ODA
POSTKASTL MEMOAN

Mei Lebm mia maunchi Neavm kost,
i bi nämli des göwi Kastl va da Post.
In mein Bauch geht's mächti zua,
es is oft Tog und Nocht koa Ruah.

„He sie Frau Äubriaf, dans ned dränga
Si miaßn aun de aundan a a wengl denga!"
So schimpft de Reklam, de dicki groß i.
„I brauch an Plotz, wäu Beengtheit hoß i!"

„Si san ned wichti, wos pudlns ina auf",
moant hiazt da feini Gschäftsbriaf drauf.
„I bi gschäftli untawegs, i bring a Göd
si dagegn vaschmutzn nua de Wöd!"

„Wiakli woah, si haum jo ned amoi Foamat"
hod de Rechnung ois Auntwoat jetzt parat.
„Hauns ned aum Tisch, si san ned gfrogt",
hiazt drauf des Fräulein Liabsbriaf klogt.

„I dagegen wia va de Valiabtn hoaß easehnt!"
des rosa Liabsbriaffräulein jetzt eawähnt!
„Kimm bleib aum Bodn, dua ned proin
a i ois Flugpost, dua denan Leidn gfoin.

I bring iwan Ozean aun de Vawaundtn,
Neiichkeitn und Griaß aun de Bekauntn!"
„Des is ois?" duat da Lesabriaf hiatzt lästan
Grüße iwabringa, is do längst va gestan!

I steh im Lebm, dua Stöllung dazua nehma,
gaunz egal wos fia Geschehn und Thema!"
Da Aumtsbriaf mid sonora Stimm, ea brummt
„Geh sei stad, auf dei Meinung goa nix kummt.

Glaubst wiakli, das des wen intressiat?
Wäu wichti is a Aumt, host des kapiat?
I bi de Vabindung va gaunz obm noch unt
wos i vamittl, hod an Gsetzeshintagrund!"

Drauf sogt da Briaf min schwoazn Raund:
„Fia wos streits äs iwahaupt do umanaund?
Seits äs oana nochn aundan aum krepian,
bi i nu oiwäu do, nua um eng zan kondolian!"

BLEIND DÄT

In unsra so modeanan Zeit,
find'n si heit zaum de Leit,
ban kommunizian nett,
iwas I-Mäl oda Intanet.

So haum si a de Märri-Änn –
a echti stäuli Städta Henn –
und da frechi Trecka Tscho,
si ban tschättn gfundn so.

Oft sans voan Kastl picka bliem
und haum stundnlaung nua gschriem.
Haum plaudat fraunk und frei,
bis in da Friah um hoiwa Drei.

Daun woas da Märri z'dumm,
si druckt ned laung mea umadum
und frogt den Tscho grodaus:
„Moch ma uns a Bleind Dät aus?"

Da Tscho schreibt zruck voi Freid;
„He kuul, is eh schau hägsti Zeit,
das mia uns endli oamoi segn,
wo ma uns so guat vastehn!"

Aum Freida endli, woas soweit,
de Märri-Änn steht schau bereit
und woat voa da Edwentscha-Baa,
auf ian unbekauntn Hawara.

Owa auf oamoi wiad si bloss,
wäu nebm ia grea und gross,
a Traktoa hoid, wo owaschreit,
da Tscho mid volla Schneid:

„He du! Bist du de Märri-Änn?
De wos i van tschättn kenn?“
„Na du Depp, i bi de Aunamial
ausn schänan Stuwa-Vial.
Und hiazt du Mista Larifari,
Gud Bei mid dein Föd-Fearari!"

DES DENKMOI

Maunchi großi Peasönlichkeit,
de wos schau längst vastoabm,
lebt weida, bis in unsre Zeit,
wäus in Stoa is gmeisslt woan.

Egal ob Stootsmau oda Komponist,
ob Dichta, Födhea und Eafinda,
ois Denkmoi de Peason zu finden ist,
sowoi fia uns, ois a fia unsre Kinda.

Zecks Eahrung is va de berühmtn Leit,
a so a Staundbüd aufgstöht woan,
wäu de Weake de wos gibt aus dera Zeit,
haum nix aun Weat und Glaunz valoan.

Nua de Taubm bringans um ea Procht,
so wiad de Figua gaunz ohne Wissen,
sowoi um Eah ois a um Weat gebrocht
und va ia, va obm bis unt besch... mutzt!

DE DISEINATSCHIEN

Des jungi Diandl, de Paloma
de hod a bsondas nätti Oma,
de si mog goa narrisch gean,
is fia si jo, wia a Augnstean.

Und iss a ned oiwäu so guat,
de Oma ois fias Enkal duat.
Steckt ia zua a Toschngöd,
das dem Diandl jo nix föht.

Drum leist sie de Paloma,
um des Göd va iara Oma,
a Diseinatschien modean,
aus an Geschäft in Wean.

Woaßt eh, wos schau oisa neicha,
ausschaut wia a Suppmseicha,
ausgfraunst und mit Lächa drin,
du meina Söh, a z'rissne Tschien.

Wia des de Oma siacht, denkt si:
Maah ba dera Hosn is jo ollas hi.
Na so schlaumpat gehst ned fuat,
i hol glei an Zwian und Fingahuat.

Fost foit des Madl daun ins Koma,
wias d'Hosn siacht und d'Oma.
„Oma na! Du mogst de Hosn hin,
des is jo mei Diseinatschien!"

DA EHESTREIT

Da Toni und de Res - a oides Ehepoa,
des wos vaheirat is, schau 50-ig Joah -
haum niamois gstriedn in ean Lebm -
sowos duats bei Eheleit nua sötn gebm.

Do oamoi is denan Eheleit passiat,
se haum iwas steabm dischgariat.
Da Toni moant gaunz sicha z'wissen:
„I wia ois easchtas ausn Lebm grissn!"

„Geh, wea sogt, daß du ned iwableibst
und dia a junges Diandl einvaleibst!"
„Owa Res, de Statistik sogt genau,
da Mau krotzt oh und iwa bleibt de Frau!"

„Wüst du mia wiakli damid sogn?"
duat d'Res hiazt fuchti frogn:
„Du reißt a Bangl, noch sovü Joah
und loßt mi oafoch gaunz alloa?"

„Mei liawa Toni", kraht de Res voi Grant
„Wos du voahost, is vadaummt riskant.
Unsa Lebta, haum mia ned gstriedn
drum sog i da a letztes Moi in Friedn,
trau di ned voa mia z'steabm, des rodi dia
sunst host nämli, in easchtn Köch mid mia!"

DA EMPFINDUNGSKOSTN

In mia, do gibts an kloanan Kostn,
wo si meini gaunzn Gfüh ausrostn.
Lingan aufgschlicht nemanaund,
wia inan Kostn sunst des Gwaund.

Je noch Stimmung und Hamua,
greifi fleißi auf den Kostn zua.
Ziag aussa, Juwi, Traua oda Freid,
Glick und Schmeaz und sogoa Neid.

A d'Vamutung und da sexti Sinn,
san in mein Empfindungskostn drin.
Drum is in den Kostn owastes Prinzib:
Uadnung hoidn, in den „Gfühsbetrieb"!

Sunst ma s'foischi Gfüh dawischt,
wauma in da Gachn danoch fischt.
Wa do bled, wauma si in Finga schneidt
und voa lauta Locha recht laut schreit.

DE EURO ROAS

A Lebtog is da Euro auf da Roas,
ziagt duach Menschnhänd in Kroas.
Noch da Prägung pockta si zaum
und geht in Richtung Bank sodaun.

Dea Aufenthoid do in da Bank is kuaz,
ea waundat in des Bäasl von Frau Wuaz.
De trogt eam wiedarum in d'Bäckarei,
auf dasa kimmt zan Leahbuam glei.

Duat bleibta bis auf d'Nocht,
daun wiada in de Disko brocht.
Wia da Köna rechnt oh aum End,
so foida den Besitza in de Händ.

Dea nimmdn aufm Rennplotz mid,
daun wexlt ea zan Schmied
und wia dea van Roß wiad gschlogn,
tans eam glei zan Dokta trogn.

Dea baut si grod a neiches Haus,
drum gibtan hoid ban Achitektn aus.
Da Achitekt, bekaunt ois Lebemau
dea bringt sei Göd ba d'Weiwa au.

Oani setzt eam um in Gwaund,
ba da Moaktfrau auf ian Staund.
De duat in Mesna an Riesngfoin
und loßtn in sein Klinglbeitl foin.

De Euro Roas si nimmt koa End,
dafia gibt's oafoch fü z'vü Händ.
Nua ba mia, do kimmda nia vabei,
dawäu waan meini, olli zwoa nu frei.

DA EUROBAM

Oas is ma oiwäu zweng auf dera Wöd,
wos kau des aundas sei, ois liawi Göd.
De Gödnod mocht mi fiachtali vadrossn,
drum pflaunz i an Gödbam au, entschlossn.

In an Glasl wassat i oan Euro ei recht gwogt
und woat, bisa in Fufzig Sent a Wuazln schlogt.
Daun setz in um, ins brauni Goatngschia,
stöh eam in d'Sunn und giaßn brav ois wia.

Kaum hod da Staumm de Foab van Kupfa-Zehna,
dua i glei uman Zwoanzga-Dünga renna.
De Äst büdn si aus lauta Zwoara Münzn
und Zwoanzgal Sent tan d'Rindn schützn.

Aus Hundat Euro-Schein besteht des Lab
und Zwoahundata ois Knospn san ned fad.
De Zehna-Schein, des san de rosa Blia,
wo draus edle Früchte wean dafia.

Drinan in da Frucht, do sitzn d'Euro-Kean,
ois Sauman, wos näxts Joah wieda aubaut wean.
Woarum dea Bam nix wiad, vasteh i ned,
wo i gstod oawatn vü liawa eantn tät!

FEANWEH

Lända - Menschn - Obmteia
Städte - Vöka - Logafeia
Meare - Täla - ödi Wüstn
Beage - Steppm - laungi Küstn
kloani Insln - tiafi Wöda
Pflaunzn - Viecha - Endlosföda
Kötn - Hitz und Wüstnwind,
ollas ma auf dera Eadn findt.

Jeda Mensch kau des ealebm,
voarausgesetzt, ea hod a launges Lebm.

IM FOSCHING

A poa Wochan laung im Joah,
kau jeda sei a amoi a Noa.
Nua im Fosching is des megli,
sunst is ma eanst tog-tägli.

A jeda Mensch kau si eafühn,
sein Foschings-Noan-Wühn.
Dea oani vakleid si ois Wampia,
da audri is gean a Klaun dafia.

Eascht recht de Weiwas-Leit,
nutzn aus de Foschingszeit.
Zua Pompadua do wiad de oani
und ois Seigling geht de Kloani.

Owa aum Oschamittwoch is vabei,
mid dera buntn Foschingsnoarratei.
Da Eanst des Joahs bricht wieda au,
sowoi fia d'Frau ois a fian Mau.

Waunst olladings den Mensch betroxt,
a du di sicha maunchsmoi frogst:
„Is Fosching ned des gaunzi Joah?
Es begegnt ma nämli oft a großa Noa!"

DE FRISUA

Imma schau da Fredi woa,
a Buasch mid laungi Hoa.
Schwoaz und vü so wia a Mähne,
ea dabändigt kaum a Strähne.

De Damenwöd is oft varruckt,
gaunz narrisch ausgezuckt,
wäu de Fülle de wos männli,
fia de Fraun is meist gwähnli.

So is hoit de Zeit vagaunga
und s' Schicksoi duat valaunga,
wos dem Oita is so aungemessn,
es duat auf maunches Hoa vagessn.

Drum bleibt noch viazig Joah,
ned iwa mea a oanzigs Hoa
und wo amoi a Fülle woa aun Mähne,
is nua Leere und ned amoi a Strähne.

DA ZWEITI FRÜHLING

Oas steht fest, ban Bruckna Klaus,
bricht da zweiti Frühling aus.
Zwoa söwa weda frisch nu jung,
bringt eam a Frau in Schwung.

A Blondi, Fäschi, guat gebaut,
seit neichn auf eam schaut.
Goa nix mea, is so wia imma,
a ned da Gaung ins Bodezimma.

Duat si endlos bodn, daun rasian
muaß seini fuchzan Hoa frisian
und aum Schluß hühda si ei,
mid oana Woikn aus Pafäu.

De neichi Flaumme fiahda aus,
zan Essn, ina wiakli nobles Haus.
Im Restaurau, ban Kiaznliacht
ea nua valiabt de Fräun siacht.

Si plaudan liab und kokketian,
voa Lust se fost schau explodian,
do untabricht si mid de Wäatal:
„Entschuidige, i muaß auf s'Äatal!"

Si vaschwindt, ea woat und woat,
si kimmt ned wieda, va den Oat.
Drauf wiads in Klausi z'bled
und a ea aufs stühli Äatal geht.

Voan Spiagl, drinn im Hean-WC
siachta do a Fräulein steh.
„Oh, Pardau, i hob mi g'iat!"
moant da Klausi leicht vawiat.

Drauf sogt de Stimm vazauwat:
- das in valiabtn Gockl schaudat -
„Na na, du bist schau recht
nua i, bi leida ned gaunz echt!"

DA GOATNZAU

Es hod de Katharina Klaus,
an kloan Goatn hintan Haus,
do woxt Greazeig ollahaund,
wias hoid so is, aum Laund.

Owa damid ia ois alloani gheat –
und nix des Woxtum steat –
midan Zau, si ia Gatl schützt,
so das koa Viechal ia wos füzt.

Drum olli Tog de Kathi schaut,
wos mochan d'Guakn und des Kraut!
Bringan Pedasü und Mäan wos weida,
oda da Solod und d'Kuchlkreida!

Und wia si wieda kontrolliat,
Solod und Kraut woan ramponiat.
Sogoa d'Guakn und da Pedasü,
schaun aus, wia a Trauagspüh.

Granti geht hiatzt d'Kathi schau.
Wo is do a Loch im Goatnzau?
Owa es is absolut nix z'segn!
Dem Zau is goa nix gschegn!

Und wöchi Kreaturen-Existenz
bezwingt nocha de Goatn-Grenz?
Plötzli de Kathi duat daschreckn,
de Diab san Mäis und Schneckn!

DA HAI

Aufm großn Ozean weit draußt,
wo da Stuamwind recht wüd braust,
do is amoi a Schiff in Seenot kema,
midsaumtn Kapitän und seine Männa.

Da Wind haut d'Wöhn hin und hea
und dazwischn schwimmt a Hai im Meea.
Seini Zähnd woan schoaf wia Messa,
des woa sicha a Menschnfressa.

Wia den da Käptn hiazt dasiacht,
hoda si gaunz schreckli gfiacht.
Oan Matrosn ea glei zuagschrian hod:
„Faung des Viech und zahs ins Boot!"

Fest pockans au de poa Matrosn,
do dawischns an Kollegn ba da Hosn,
si kinan eam jetzt nimma hoidn
und dea Oami is ins Wossa gfoin.

Dea Hai, ea schlickt sofuat den Mau
und greift glei drauf schau wieda au.
Vazweifit is de Maunschoft in den Boot,
drum schnappms in eanra großn Not –

in den Moment duats eana wiakli load –
si schmeißn in Steiamau jetzt iwa Boad.
Do schreit da Käptn: „Paßts do auf!
sunst gemma olli in den Schiff nu drauf!"

A den zweitn Mau da Hai vaschlickt
und si schau zan drittn Augriff schickt.
Do hod si a jeda va de Mauna denkt:
„Ollas wosi findt, wiad hiazt vasenkt!"

So fliagn Tisch und Bänk ins Meea
und sogoa de Frocht fliagt hintahea.
Oarauschn, Bananen und sogoa a Bia,
owa dea Hai frisst ollas zaum in seine Gia.

Noch oana Wäu haums den Hai in Griff,
van Wossa zahns außa, auf des Schiff.
Da Kapitän schlitzt midn schoafm Messa,
auf den Bauch van Menschnfressa.

Wos in den Fisch zan Voaschein kimmt,
de gaunzi Maunschoft fröhli stimmt.
Da Matros sitzt gmiatli auf da Baung hidau
und vakaft d'Oarauschn aunan Steiamau.

DES HÄNDI

Unlängst foah i mid da Stroßnbaun,
sitzt wisawi va mia a Maun,
sei Aussegn woa a Katastrofm
und obmdrei woa ea nu bsoffm.

Auf oamoi hod wos leise pfiffm
und bevoaris söwa hob begriffm,
ziagt dea Sandla aus da Toschn,
a Telefon aunstod da Floschn.

„He Oidi", head man laut redn.
"Duats d'Oawatslosn endli gebm?
NA! I glaub de woin mi roin,
i brauchat dringat schau de Koin!"

Mausalstad is woan in den Moment,
wäu jeda Foahgost wos vapassn känt.
Schließli is des a klonai Sensaziaun,
a Sandla mid an trogboan Telefaun.

"I muaß mid denan amoi söwa redn,
dua ma van Haummaweak de Numma gebm!
Vastehst i brauch de Gasch fian Strom,
den wos uns letzti Wocha ohdraht haum.

Seawas Bladi, i kimm glei hoam
hau dawäu a Fuada in de Pfaunn!"
Daun woa des Gespräch vabei
und ea steckt sei Händi wieda ei.

Daun greifta in sei Hosntoschn,
hoit fiara a weißi, kloani Floschn,
steht auf, damid fiari, damid zruck
mocht van Schnops an gachn Schluck
und schreit gaunz laut in den Waggaun:
„Ollas kinnts ma nehma, nua ned s'Telefaun!"

DE HAUNDTOSCHN

Mei Mau stöht ma oft de Frog,
wos fia Graum i in da Toschn hob.
„Suagst ständi, graumst umanaund
und host eascht s'foischi in da Haund.

Auf oana Insl kunntast iwalebm,
sovü Sochan duats do drinan gebm.
Toschntiacha, Schlissln, Göd, Papiare
des is schau wichti und kapieri.

Kuglschreiwa, Regnschiam und Scheck,
sowia Brühn dinan oft an guadn Zweck,
owa wos fian Sinn haum d'Noglfäu,
Tampaus, Zuckal, Kampi und Pafäu?

Oidi Kinokoatn, Nahzeig und Vahütali,
oda oidi Rechnunszeddl, frog i mi?
Za wos brauxt Duachfoipühn und Zinda,
in Nogllack und d'Fotos va de Kinda?"

Aunstod zu eakläan sog i stod dessn:
„I glaub du host nu wos vagessn!
Eafrischungstiacha, Block und Rusch,
a Plastiksackl und de Wimpantusch.

Zaunstocha und Lippmstift duari nu haum,
sowia Feiazeig und Foahschein va da Stroßnbaun.
Soit owa de Toschn z'kloa wean, liawa Mau
gaunz oafoch, dann schoff i ma an Rucksog au!"

HIMMI UND HÖH

Da kloani Franzl is a eahli' Bua
mog ned liagn – koa Spua –
wäu ea gleant hod in da Schui,
des liagn is schlimm und pfui.

Daun, wia ea is gressa woan,
hod si d'Woahheit a valoan,
wia eam a Diandl oamoi gfrogt:
"Ob ea schau recht vü Madln ghobt!"

„Na na, du bist mei Easchti – echt –
und de wiast bleibm wauns recht!"
Nau sicha gfreit si s'Diandl do,
is narrisch glickli sowia froh.

Wia da Franzl is in Himmi kema,
duat eam zua Brust da Petrus nehma:
„Nau wia woas mid da Woaheit auf da Ead?"
„Schwaa", sie da Franzl do beschwead!

„Kaunst mi noch da Lug ned frogn,
do kunnt i dia vü leichta sogn,
de Woahheit is ned imposant,
a Lug hingegn, de is intressant"!

DES HOROSKOP

Wüli genau mei Zukumpft wissn,
studiari de Zeidung wia vabissn.
Des Horoskop sogt ma wiakli echt,
obs ma guat geht oda schlecht.

Fia näxti Wocha sogts ma voaraus,
ob moagn is ollawäu a Göd im Haus.
A großi Liab dat kema - im näxtn Mai -
Wia bringi owa nua mein Mau des bei?

Mei Eafoig is so guat wia programmiat,
kloa, wäu a Hausfrau nia ian Tschob valiat.
Mei Gsundheit stangat unta guadi Stean,
do wiad sicha mei Kreiz boid bessa wean.

Nua mid da Schänheit, des glauwi ned
wäu mi a Oparaziaun nua rettn tät.
Owa sunst kriagt de Zeidung a dickes Lob,
wäu ba denan stimmt a jedes Horoskop!

DA KAJEA - WUAM

Willi, nennt si da Kloani stoiz
und is a Wuam aus Söh und Hoiz.
Ea lebt im Woid auf oana Oacha,
do duada fressn und a schnoacha.

Owa ea is ned zfriedn mid sein Lebm,
es muaß do nu wos aundas gebm!
Nua wos? Des woas da Willi ned,
bis des Schicksoi eam zua Seitn steht.

Va Menschnhaund da Bam wiad gföht,
da Willi stiazt in d'neichi Wöd.
Sei Aufstieg dea woa grandios,
ea wiad munta auf an Biachastoß.

Ea frißt si duach va A bis Zett
und kriagt so, an großn Intellekt.
Draun trogta voa im neichn Lesetuam,
ois Professa - Willi - Biachawuam.

Professa isa blim, fost hundat Joah,
daun haumsn aussitrogn, auf da Boah.
Kaum liegta drin im koitn Grob,
beschliaßta schau aum näxtn Tog,
des is koa Lebm, do in da finstan Gruam
so wiad da Willi hoit, zan Regnwuam.

DE KAUNZLEIFRÄUN

In da Kaunzlei van Dokta Noo,
gibt's zwoa Damen, de wos froh
hinta eanan Schreibtisch sitzn
und a ba da Oawat schwitzn.

De oani Blond und knochndia,
de aundri Rod und blad dafia.
Olli zwoa woans recht adrett,
sowia bsondas freindli nett.

Owa oamoi klopfts goa mächti,
aun da Kaunzleitia kräfti,
so dass de Fräulein schä dakeman,
in eanan Sessl, den bequeman.

De Rodi si ois easchtas fosst,
si freindli einabitt den Gost,
dea volla Schwung ois wia
weit aufreisst hiazt de Tia.

Daun steht do a muadstrum Mau,
den d'Weibsn schaun entgeistat au,
wäu dea Keal ned nua fesch,
sondan guat gebaut schaut aus da Wäsch.

Und dawäu de Rodi eam so frogt,
wos eam den fia a Begeahn plogt,
de Blondi auf sei Protzn stiat,
de wos goa riesi fasziniat.

„Midn Dokta howi an Teamin!"
moant dea mid tiafa, festa Stimm.
Do sogt iwaroscht, dea blondi Tropfa:
„Heans, si haum an schänan Klopfa!"

DES SCHIEFI KAPPI

Da Klaus, wos soli eng dazöhn,
kau si recht bled oft gstöhn.
Bsundas wauns um d'Mode gehd,
wäula davau a wos vastehd.

So wü haum de Maunagstoit,
a schiefes Kappi, wos eam gfoit.
Und gagalgöb soi d'Foab do sei,
des büd si des Maunsbüd ei.

So iwalegta kuaz mid Bedocht,
wiara des aum bestn mocht,
dasa za oan Kappi kimmt,
wo umadum a ollas stimmt.

Ea blattld duach a Modeheft,
gehd glei drauf ins Huad'ragschäft,
wäu ea ned findt, des wosa mog
und alloani suacha is a Plog.

De Modistin kennt si aus,
zoagt göwi Kappin glei in Klaus.
Owa ned oas, duat ia da Klausi deitn
wo schief da Schiam, so auf da Seitn.

„Schauns do aussi duach des Glos,
duat dea Buasch, trogt a sowos!"
De Fräun stehd do ois oama Tropf,
„Na sowos howi ned fian Kopf."

Hiazt is vabei mid seina Ruah,
hod längst van suacha gmua,
gehd und muamit wos va oana Pleitn,
setzt s'Kappi auf und drahts auf d'Seitn.

DE NEICHI KUCHL

Auf mei neichi Kuchl bin i stoiz,
si is total aus Eichnhoiz.
De Technik de is groß vatredn
und leicht easichtli fia an jedn.

Olli Stickl spüht mei Head,
drum isa goa a so begeaht.
Ea kau brodn, grühn und bocha,
sowia siadn, dinstn oda kocha.

Dazua an Dunstobzug mid Liacht,
das ma a wos ba da Oawat siacht.
A Gschia ohwoschn, brauch i nimma,
des mocht ob heit, fia mi de Minna.

A Kombinazion zan kühn und gfrian
und a Gerät zan schlogn und rian.
Owa wäuli Maschinen goa so mog,
drum howi an Eiakocha und a Woog.

An Entsofta zan Obst auspressn,
sowia den Mixa deaf i ned vagessn.
A Maschin zan Wack vapocka
und oani zan raschpin oda hocka.

Um de Kaffeemaschin mi vü beneidn,
so wia um d'Müh zan Keandl reibm.
In meina Kuchl duat absolut nix föhn,
i besitz sogoa a Mikrowöhn.

Owa de Technik duat mia nix nutzn,
i kau ned oa Gerät davau benutzn,
steh hüflos zwischn Hoiz und Grom,
nua wäu i koa Gas hob und koan Strom.

IM MÄACHNWOID

Sötsaum woa mei letzta Tram!
I steh mittn inan Woid voi Bam
und schau vawundat in de Äst,
wo kuriose Früchte hängan fest.

Auf da Oacha hängan Sessln, Tisch
va da Lindn riacht da Tee nu frisch,
van Zwetschknbam si Flaschal raunkn
und aum Marünbam de Knedl schwaunkn.

Da Opfibam, wia solis eng nua sogn,
duat s'fiatigi Kompott schau trogn.
A Taunan is ois Christbam gschmückt
und d'Feichtn ois Maibam mi vazückt.

Auf da Buacha wachlt s'Briafpapia
und ba da Kastanie is woam dafia.
Dea Bam, wos untn steht aum Fluß,
trogt siaßi Vanülekipfal aunstod Nuß.

Va da Läachn - i dua wiakli trama -
pendlt a echta Hoizpitschama.
Sicha gheat dea fia de todi Gstoit,
wos do hängt aum Goignbam im Woid.

MAUNAGESPRÄCHE

Es behauptn vüle Mauna offm,
si wean va d'Fraun iwatroffm.
Owa nur ban schlichtn Woatgefecht,
sunst san si des bessare Geschlecht.

Weate Hean, des muasi dementian
und eich mid da Woaheit konfrontian.
Waun d'Frau schau längst ban Kind,
si da Mau nu oiwäu im Büaro befindt.

Ois Dienstbesprechung tan de Hean,
eanan Spätdienst daun eakläan.
Oda si san ban Wiat, daun is es kloa -
das des a wichtigs gschäftligs Essn woa.

Und seids ausnaumsweis ned fuat,
schauts voan Feansehkastl Spuat.
Do wiad mid de Spühla, midn Träna gschrian,
wäus wieda moi a Mätsch valian.

Aum schlimmstn is, waun d'Mauna lüstan,
mid ean Freind Kompjuta flüstan.
Do probiats gaunz zäatli und penibl,
ob eh de Hadwäa kompatibl.

Owa ba da Händirechnung siachi gwiss,
wea de greßti Gatschn is.
Wauni nämli kontrollia de Postn,
san nua a Drittl, meini Kostn.

DA MODEFRÜHLING

Es stöht fest, de Gusti Wisgottschü,
das des Fruahjoah kemma wü.
Aun Joahn is si zwoa nimma jung,
owa im Mäaz kimmt si in Modeschwung.

So wia d'Natua a neiches Gwandl kriagt,
de Gusti a modische Gadrob auziagt.
Jedes Gwaundgschäft greißlts oh
und kaft oamoi duat und oamoi do.

Hosn, Blusn, Leiwal, Strimpf und Hiat,
Jackn und a Mieda, des wos schniat.
Toschn, Giatl, Räck und 5 Poa Schuah,
des kafts ollas ei, sunst is koa Ruah.

Daun fiahts aus, den neichn Plunda
und zwoa genau aum Ostasunda.
A Hosn, längstgstroaft, grea und gifti
dazua a rosa Blusal, kuaz und lifti.

Peafekt modisch mocht de Gusti nua,
de schwoazi Toschn und de weißn Schuah.
Blau is d'Jackn, natiali gaunz aus Seidn
und an Strohhuat auf - a Augnweidn!

Wia a Ostaoa, so foabmfroh und bunt,
si aufs Laund, za de Vawaundtn kummt.
Wia sis segn, schreins laut: „Oh God, oh God,
do kimmt de Tant, de wos koan Spiagl hod!"

A MUNDOATGEDICHT AUF ENGLISCH

A unsa Mundoat, de is g'knickd,
wiad oiwäu mea mid Englisch gspickt.
San meistns Wäata aus da Medienwöd,
wo im Dialekt da Sprochschotz föht.

A Beischpüh is des Intanet,
wos uns vaändat so komplett.
In da Wöd des Woald Weid Web,
findt si boid z'recht a jeda Depp.

Waunst host an Brosa, bist a Jusa –
kimmt natiala ollas aus da USA –
daun steigst duach zan Tschätt
und mogst da aus a Bleind Dät.

Söafst daun umi za de Foan,
muasst da an Nicknäm auseakoan,
mid den suagst da an gscheidn Träd,
wosd daun postest mid recht bled.

Und bleibt da daun nu Zeit,
daunlodst a poa Megabeit.
Zoagts da olladings an Erroa au,
dia a englisch nimma höffa kau.
Do passt daun wieda da Dialekt,
wäu nocha is de Kistn a defekt.

WOARUM MUNDOAT

Wäu d'Mundoat is mei Muattasproch,
wosi so gleant hob, noch und noch.
Si is oafoch, eahli und peafekt,
drum redi heit nu im Dialekt.

De Hochsproch is so kompliziat
und si in laungi Sätz valiat.
Is duach und duach mit Englisch gschpikt,
das ma fost ban Redn dastickt.

So sogt oana, dea mi ned vasteht:
"Bitte wiederholen, wenn es geht!"
In da Mundoat dada frogn bloss,
gaunz kuaz und bündig WOS?

Genauso is, waun zwoa si streidn:
„Gell, sie können mich nicht leiden?"
Dagegn sogt ma in da Mundoat flott:
„Geh putz di endli, du Fallot!"

Nua ba da Liab – jo meina Söh –
gehts in da Mundoat ned so schnö.
„Ich liebe Dich,“ sogn d’feinan Leit
und neman sie fia mea ned Zeit.

In da Mundoat owa, redt ma si zaum:
“I steh auf di, dua gean di haum.
Megst ned mei Schotzal wean,
wäu i hob di zan fressn gean!”

De poa Zäun, de sogn schau aus,
nua Hochsproch redn is a Graus.
Gmiatli klingt da Dialekt und woam,
grod so wia d’Muattasproch dahoam.

DES NAWI

Auf's Nawi soist di ned valossn,
des kau nämli in d'Hosn geh,
stehst plötzli auf da foischn Stroßn,
oda goa aum Födweg neman Klee.

Vertrau da Stimm im Auto ned,
a wauns nu so freindli klingt,
zoagt oft au den foischn Weg,
bevoas auns rechte Zü di bringt.

Sie sogt rechts, moant owa links,
schätzt foisch de Meter ei,
wo du ohbiagn soitast flink,
bist ba da Kreizung schau vabei.

So is maunchesmoi a gschegn,
das s'Auto im Woid z'steh kimmt,
da Foahra daun wiad gaunz valegn,
wäu de Richtung nimma stimmt.

Drum is mitdenga hoit gfrogt
und ned dem Nawi blind vatraun,
daun bist ned kloa vazogt,
brauxt ned aus da Wäsch bled schaun.

OIDWEIWASUMMA

Oidweiwasumma nennt ma d'letztn Tog,
drum jedes Joah i söwa za mia sog:
„Dea Begriff is unmodean in unsra Zeit
und ea längst noch Emanzipazion a schreit!"

Eahli: Wos kinan oidi Weiwa denn dafia,
daß s'Summaend steht voa da Tia?
Wieso hoaßt ma den friahn Heabstbeginn,
ned Oidmaunasumma - kamt auf söwi hin?"

„Hoid ei du Dichtarin, an kloan Moment,
Oidweiwasumma is jo a Kompliment!"
So heari de Mauna lauthois aufbegeahn:
„Dagegn miaßma uns schau kräfti wean!

Wäu oft de Tog besondas schä und kloa -
wos sötn kimmt in triawi Summa voa -
drum wean hoid de ötan Weiwasleit
vaglicha oft, mid dera schänan Zeit!"

Nua leida, dea Vagleich ea hinkt,
wauna ned sogoa zan Himmi stinkt!
„Woins vielleicht sogn, mei liawa Mau:
Das a Hea, weda reif nu schä sei kau?“

„Na na, des is damid ned gsogt,
a mia san mid den Oita gfrogt!“
„Jo und! Woarum sogts äs oidn Kapazunda,
daun ned oafoch: Betagtes Damenwunda!“

DES PACKL

A rechta Schöm, des is da Fritz,
ea leist ban Koal si an Witz.
An unfraunkiatn Briaf loßta ins Kastl foin
und da Koal deaf de Mackn zoihn.

In den Briaf dem Koal ea so schreibt:
„Mia gehts guat, i hoff dass a so bleibt!"
Da Koal findts ned lusti, is koa Witz
und schickt dafia a Kistn aunan Fritz.

Mid den Packl duada den Fritzi iwalistn
und legt an schwaan Stoa in d'Kistn.
De Akziaun van Fritz de woa echt mies,
drum zoihda a des Packlgöd, sovü is gwis.

An Fuffzga legt da Koal ban Postla oh
und zahts schwitzat hoam in sei Büaro.
Mid oan Karacho mochta de Kistn auf,
aum Stoa a Zeddl pickt und do steht drauf:
„Dea Stoa is ma owigfoin - wia i hob gheat,
daß da eh recht guat geht und di nix steat!"

DA PENSIONSEURO

A poa Euro va mein Ghoid,
kriagt a Pensionist ois Untahoid.
Oana kriagt weniga da aundri mea,
dabei gehts oft a bissl unrecht hea.

An Zehna stroafan de Hean Räte ei
und ban Hean Dokta tans nu neini sei.
Ochti duat d'Frau Professa eikassian
und Simi a Nota, ohne si z'schenian.

Fian Beaumtn duat's an Segsa gebm
und mid an Fümfa duat a Untanehma lebm.
An Viara zoihli fian Prokuristn ei
und a Dreia duat fian Moasta sei.

An Zwoara kriagt a Hackla dea si schindt
und fian Baun si a gaunza Euro findt.
Bist vielleicht a Witwe und gaunz alloa,
daun miaßns Fufzig Sent a toa.

Jo so ungerecht is leida unsa Wöd,
oiwäu kriagn de foischn s'vüle Göd.
Hädi wos z'redn, kassiarat nua a Kloana,
nua leida, mi frogt jo koana.

DES PICKNICK

Schwa valiabt und häppi,
san d'Lintschi und da Pepi.
Woin alloa sei, nua zu zweit,
in eana gaunzn Söligkeit.

Drum foahns außi in d'Natua,
zwecks Picknick und „Lamua".
Voa oana hochn Fliedaheckn,
si an schän Plotz entdeckn.

Dawäu si gach a Essn richt,
ea an Buschn Flieda bricht
und wia a junga Adjudant,
da Liabstn iwareicht, galant.

Do a Wexn wos in Flieda sitzt,
hiazt si auf de Lintschi stiazt.
Ins Dekolltä sticht sis genau,
wos zwida is, ba oana Frau.

Si schreit auf, wäus schmeazt
do greift da Pepi zua beheazt.
Owa wäu des wiakli unbefugt,
drum kriagta a glei oani druckt.

Da Pepi si aun d'Lintschi richt:
„I glaub, du bist ned dicht!
Aunstod histerisch schrein,
soitast di vü liawa gfrein!“

„I soi mi gfrein! Du bleda Wicht
wo mi des Viech in Busn sticht!“
„Jo fräuli!“ moant da Pepi dreist
si hod da do Entwicklungshüfe gleist!“

DA PILOT

Da Hauns, ea hod sein Flugschein gmocht
und de Nochricht glei sein Freind hibrocht.
Ea londt eam ei, mid eam zan fliagn,
um an schän Iwablick va obm z'kriagn.

Hoch obm in da Luft drahns eanre Rundn,
da Hauns ea füht si frei und ungebundn.
Dagegn da Fraunz, dea hintn drinnan sitzt,
voi Aungst ea zittat, friat und schwitzt.

A recht a großi Freid, so glaubt da Hauns,
mocht ea sein engstn Freind, den Fraunz
mid an Luping iwa d'Woikn, gaunz hoch obm
und a Stickl weida unt, sans weida gflogn.

Wias wieda glaunt san, untn auf da Ead,
si da Hauns, ba sein Freind beschweat:
„Du sogt jo nix, wia hods da gfoin?
Oda hädi nu a wengl obm bleim soin?"

Da Fraunz is bloß, ea druckt und schlickt,
bevoara si zan Auntwoat gebm auschickt:
„Des Luping hod mia de Sinne graubt,
voa Freid vastehtst, do howi glaubt
i muaß steabm, owa des woa nu ned ois
zeascht is d'Freid in d'Hosn grutscht
und hiazt, howis do heaom in Hois!"

DE PLOTZAUNGST

De Fanni keicht und schwitzt,
wäu ia d'Aungst im Nockn sitzt.
Umadum is ollas schreckli eng
und a de Luft is ia vü z'wenig.

De Leit wos nebm ia stengan,
si a fiachtali nu zuwi drängan,
so dass ia d'Augn aussidruckt
und d'Fanni oiwäu weggaruckt.

A oida Mau zua Fanni sogt,
dea siacht, wia sa si plogt:
"Leidn si aun Plotzaungst goa,
wäus s'schnaufan wia fia zwoa?"

Drauf beidlt d'Fanni nua ian Kopf
und mocht auf an Blusnknopf,
bevoa si flüstat gaunz kokett:
„Na, mia is nua z'eng s'Koasett!"

NIX PROBLEMA

Ich sein Milka, vierzig Jahre
kleine Frau mit schwarze Haare.
Ich gut putzen, sonst nix können,
außa meine Mann verwöhnen.

Ea nix Arbeit, obwohl gesund,
ea nix wollen, sein faule Hund.
Ich muß arbeit, sonst nix essen.
Bitte Frau, mich nix vagessen.

Milka waschen Boden, putzen Klo,
Frau nix machen, sein nua froh.
Ich nix „zabzarap", ich ehrlich sein
und wollen nix viel Geld noch obendrein.

Bitte, sagen Milka Antwort schnell,
ich sofort kommen, auf der Stell.
Geben Milka Arbeit, nix Problema.
Streit mit Mann is nix mea Thema.

DES GSTOIHNI RADL

De Ingrid woa a guadi Söh,
drum foaht si mid ian Radl schnö,
aufm Moakt, in de iwanäxti Stroßn,
um fia d'Kollegn a Jausn auszufossn.

Midan Koab voi lauta guadi Socha,
duat sa si aum Hoamweg mocha.
Si geht gmiatli zruck min Essn
und gfreit si aufs jausna untadessn.

Wia si daun Oawatsschluß ghobt hod,
triffts ban Radlstända fost da Schlog.
Si schreit: „Mia haums mei Radl gstoihn,
den Diab, den soi da Teifi hoin!"

A Schaundam, dea hüft ia glei
und moant: „Kimm mid zua Polizei!"
Da Schaundam sofuat a Protokoi aufnimmt,
auf das dea Diab ned recht weit kimmt.

Nochdem des Schriftstück woa voibrocht,
si duach ia Untaschrift es aumtli mocht.
„Wo host dei Radl s'letzi Moi denn ghobt?"
So da Schaundam aum Schluß nu frogt.

Wia Schuppm foits ia va de Augn
und s'Protokoi duat nix mea taugn,
wäu plötzli foiht da Ingrid ei,
ia Radl duat aum Moakt obm sei!

DE RECHTSCHREIBUNG

De Fini auns Finanzaumt schreibt,
das ia fost koa Göd mea bleibt.
Owa ba da Aured si schau hängt,
drum si schoaf hiazt driwa denkt:

Wia schreibt ma AUMT denn richti?
Wäu des wa do fia d'Aured wichti!
Owa es foit da Fini absolut ned ei,
wia de Rechtschreibung soit sei!

A Rantl duat si augstrengt iwalegn,
des Schriftbüd soi ia Auskumpft gebm.
Dahea prowiat sis mid an Schmäh,
schreibts oamoi mid an hoatn und an wochan BE.

Und aum Schluss va dera Woatkolonne,
schreibts de Fini a nu ohne.
Do stöhnt si laut: „Na wos fia Graus,
AUMT ohne BE schaut nockat aus!"

Drauf si iwalegt und laung siniat,
bevoa sis mid da Logik hiazt prowiat.
Na eh kloa, das des Woat AUMT
va den Woatstaum, AUMPI staumt.

Und des, des woas de Fini gwiss,
das in dem a hoates PE drin is.
Owa sofuat im söbm Moment,
de Frau ian Föhla schau eakennt.

„Do stimmt wos ned," de Fini grunzt.
„I bi aum End mid meina Kunst!"
Plötzli hod si an Geistesblitz,
si ruaft au, ian Buam, den Fritz.

Dea locht und schreit: „Na Mama geh!
AUMT schreibt ma do mid iwahaupt koan BE!
Aus den Grund, oa Bitt i dringend hob,
hüf nia dein Enkal ba da Deitschaufgob!"

SCHICKSOI

Ban Mondschei duat oft d'Liab aufaungan,
dabei maunchi Leit a noch de Steane glaungan,
im rasantn Tempo van Patna schnö valaungan,
ned nua Küsse auf Mund und Waungan,
auf das s'Schicksoi nimmt de Zwoa in d'Zaungan.
bis eana is des großi Liacht aufgaungan.

DA SCHLUMMAKANAL

I hob gestan in da Nocht,
wieda moi koa Aug zuagmocht.
Lieg laung nu woch obwois schau spät,
woraun des liegt, i woas es ned.

Es is da Voimond schau vabei,
dea mi munta hoid zan Täu,
so dass i hea a jedes Gräisch
und woas, dass i mi a ned täisch.

Duach Zuafoi kimmi drauf,
wias aus is midn Schlof-Lealauf.
I schoit ei, in Te-Vau leise,
schau schnoach i obschnittsweise.

Do steat koa Doku und koa Füm,
oda Horrorgschicht mid Ungetüm.
I hea aun da Tia koa leitn
und a Musi hägstns va da Weitn.

Und noch ziaka zwoa, drei Stundn
howi mei Eaholung gfundn.
Zwoa a wengl spod und a banal
schlof i seithea min TV-Kanal!

DA SCHNÄ

Deng i aun voarigs Joah,
wiavü Schnä do woa,
foit daun sofuat mia ei,
des woa iwahaupt ned schä.

Gschaufit howi Tog fia Tog,
jessas na, woa des a Plog
und ollawäu kimmt mea,
va den weißn Zeigs dahea.

I woas ma hoid koan Rod,
deng noch in meina Nod,
schau foit mia auf oamoi ei,
jo des kunnt de Lösung sei.

I zind den Schnä hoid au,
des sichali nix schodn kau
und i glei den Voasotz heg,
wo i aum bestn Feia leg.

Und tatsächli bis auf d'Nocht,
woas weg, de weißi Procht.
Bravo kauni do nua poschn,
es gibt weda Dreck nu Oschn.

DE SCHÖNHEITSOPARAZION

Waun de Fini voan Spiagl steht,
ia des Locha oft vageht,
wäu ia des eigne Gsicht ned gfoit,
und genausoweng de Gstoit.

De schmoin Lippm tan si stean
und wegn da Nosn kunnts fost rean,
goa ned z'redn va iara Stian,
de wos tiafi, launge Foitn zian.

Fü schlimma stehts um de Figua,
do sempats drau in oana Dua,
lästat iwa Busn, Bauch und Po
und iari Ix-Fiaß sowieso.

Wäu ia ums Göd ned schod,
drum foaht si eini in de Stodt,
zan berühmtn Schönheitsspezialistn
und seina großn Weakzeigkistn.

Gegn de Foitn, do wiad gspritzt
und auf den Täu, wo d'Fini sitzt,
wiad ohgsaugt jede Menge Fett
und rundeaneiat va A bis Zett.

So san daun foisch aum End,
ia Busn, d'Nosn und de Zähnd.
Hoa und Nägl künstli laung
und d'Haut hod Musta auf da Haund.

Dahoam mas fost ned kennt,
is ma so a Schänheit do ned gwänt
und si lebt glickli eini in den Tog,
bis eines Nochts sie trifft da Schlog.

Wia d'Fini obm aun da Himmistia,
do locht da Petrus nua ois wia
und schreit daun laut: „Mei liawa Voda,
de Fräun gheat ins Easotztäuloga!"

DA SEXTI SINN

Mei Mau - ea kau jo nix dafia -
hod ob und zua a komisch Gspia.
Daun kafta alloa fias Wochnende ei,
ois dats des letzti Moi im Lebm sei.

Howi den Eikaf daun vastaut,
sogi za eam oft granti laut:
„Du bist jo wiakli ned bei Trost!
Wea ißt des ois und wos des kost?"

Daun grinsta nua und sogt beflissn:
„Du, ois Hausfrau soitast wissn,
in jedn Haushoit a a Voarod gheat:
Host Du davau nu nia wos gheaht?"

„Des is koa Voarod mea, mei liawa Mau,
bei uns ma glott a Gschäft eaöffnen kau!"
Auf oamoi untabricht mid schrünn Ton,
unsa Eikafswoatgefecht des Telefon.

„Hallo Mama", heari a bekaunti Stimm,
„Wa des fia eich besondas schlimm,
wauni aum Sunda zan Essn kamt
und de Kinda und den Mau midnahmt?"

I wü grod a Auntwoat foamulian,
do duat mi mei Tochta infoamian:
„Woast, mei sexta Sinn, dea sogt ma grod
da Papa wieda oamoi, vü z'vü eikaft hod!"

DA SITZPLOTZSTREIT

In da Stoßzeit in da U-Baun drinn,
siagst oft Szenan de wos koan Sinn.
Do streidn d'Leit uman letztn Plotz,
so umanaund wia Hund und Kotz.

„Segns ned, das i da easchti woa!"
keift a oida Mau mid graui Hoa.
„Und si segn ned, dasi kriag a Kind!"
moant drauf a Fräulein gschwind.

„Nau, nau, si pfauchan grod so wia mei Kotz
wauns ned kriagt ian Lieblingsplotz!"
„Und si mei Hea, san wia mei Hund,
dea oiwäu böht, zua foischn Stund!"

A gaunzi Staziaun tans debattian,
do duat a Kind de Geduid valian.
Drum sitzt si dea kloani, frechi Spotz,
gmiatli auf den frein Fenstaplotz!

DA SPAZIAGAUNG

Togtägli geht da Kuno seini Rundn,
uman Heisablock, genau zwoa Stundn.
Des mochta schau seit zwoanzig Joahn,
is echt zua liabm Gwohnheit woan.

Letzn Freida, wia da Stuam so gwaht,
hods eam in Huat van Kopf wegzaht.
Den rennda noch, glei iwa d'Gossn
und dasteßt si, inan Loch an großn.

Zan Glick is unsa Ead magnetisch,
so laundt da Kuno recht athletisch,
aum Gesteig midn Huat, dea defoamiat
owa sunst is weidas nix passiat.

Da Schreck sitzt eam nu in de Glieda,
drum sitza si do auf a Pakbaunk nieda
und zindt si gmiatli sei Zigrettal au,
des wosa dringend braucha kau.

Nua da Stuam ois windigs Element,
absolut koa Gnod min Kuno kennt.
Ea blost van Zigarettnspitz de Gluat,
diarekt auf den demoliatn Huat.

Da Kuno stad in Wind zualost,
dawäu ban Huat de Krempm glost.
Eascht wias stinkt, da Kuno woaß
ea muaß löschn, sunst wiads hoaß.

Um d'Ead haut ea den Rest va Huat,
in den Moment a Hundal kemma duat.
Es löscht mid Wossa, des schau braucht
auf jedn Foi solaung, bis nix mea raucht.

SPENDNFREIDI

Ois Kind hod ma mia gsogt,
de Näxtnliab, de wa hoid gfrogt.
So bini woan a guada Christ,
dea wos woas, wos Näxtnliebe ist.

Haundl oiwäu dem Grundsotz gleich,
„Wea aundan hüft, is wiakli reich!“
Zan höfa, do gibts gmua Gelegnheitn,
des kau absolut koa Mensch bestreitn.

Drum spendi duat und spendi do,
des mocht a Haufa Oami froh.
A poa Netsch fias Kindadoaf, de giwi gean
genauso wia fian Stefansdom in Wean.

Hüf in Nochban in seina greßtn Not
und gib da Karitas, damid de a wos hod.
An kloan Obulus kriagt s'rodi Kreiz
und i spend fia Äthiopien in d'Schweiz.

Iwaweis a Göd fia d'Au und unsan Woid,
sowia fia Leid de Ädskraung san und oid.
Iwa mei Konto spendi fia d'Feiawea
und fia d'Spuathüf, do giwi a wos hea.

Auf Liacht ins Dunkl, deaf i ned vagessn
und auf Grienpies, wäu de rettn wia besessn.
Pea Ealogschein giwi da Krebshüf gschwind,
iwaweis fian Tiaschutz und a fias Soagnkind.

Voa lauta gebm, san d'aundan jetzt saniat,
i schlof im Pak hingegn - gaunz ramponiat.
I bitt eng, loßts mi do ned do vaendn
und deits ma a poa Euros spendn.

DA STEANEKOCH

Es denkt da Koch im Restaurau,
wos er ned ollas mocha kau,
dass ea a a Haubm kriagt,
de wos si auf d'Kajea auswiakt.

Tog und Nocht ea kocht,
wäu des wa do glocht,
das eam des ned gelingt,
wos Eafoig den aundan bringt.

Ea is ned fäu, hod a nia gschwänzt,
drum denan Gäst er froh kredenzt,
wos ea aun kreativm Essn
auftischt, mid recht vü Finessn.

Und endli daun noch Joahn,
is de Kajea rogli woan.
Ea kocht a oft im TV,
und intressiat de Leit fia d'Schau.

So is es endli daun a kemma,
s'Schicksoi seinan Lauf duat nehma.
Ea kriagt drei Haubm gschickt,
de wos olli woan söwa gstrickt.

DA STROMAUSFOI

Van Laund de Strassa Mizzi kimmt
und in da Stodt a Oawat nimmt.
Inan Kaffä wiad si Seawiararin,
wo vüle Leit oft keman hin.

Wosa ned woas - ia Schäf da Fritz -
de Mizzi is koa Geistesblitz.
So is es hoid a oamoi gschegn,
wias hod a Dunnawetta gebm,

daß plötzli aus woa midn Liacht,
so das koa Gost den aundan siacht.
„Geh Mizzi, geh zan Nochban schaun,
ob de a koan Strom ned haum!"

Foigsaum geht si auf de Gossn
und duat ian Schäf daun wissn lossn:
„Nua ba uns ma nix mea siacht,
owa d'Auto haum olli eana Liacht!"

DES TELEFON

Es kau koa Mensch bestreitn,
a s'Telefon des hod zwoa Seitn.
Oft is Fluach und Segn z'gleich,
mocht meistns oam und sötn reich.

Brauch i an Oazt, daun is a Segn
dea rett ma vielleicht s'Lebm.
Oda bin i iagandwaun in Not
bin i froh, wauni a Telefon do hob.

Owa meistns mochts koa Freid,
es stüht ma nua de Zeit.
So leits und bimmits oiwäu daun,
waunis iwahaupt ned braucha kaun.

A Beispüh is de Essnszeit,
wos oan gean stean de Leit.
Genauso is a in da Bodewaunn,
akurat faungts daun in schewan aun.

I kräu aussa aus das Waunn,
stiaz oisa nossa hi zan Telefon,
greif zan Höara und sog: „Hallo!“
Do legt da aundari schau wieda oh.

Meini Freind de rodn mia recht,
a Händi wa fia di ned schlecht!
Owa leg ma i a Händi zua,
daun howi ned amoi aum Klo a Ruah!

AN TITL MECHT I HAUM

In unsra Gsöhschoft do is gfrogt,
a Peason, de wos an Titl trogt.
Es zöht de Aured Fau und Hea,
in maunchi Kreise goa nix mea.

Drum wiad vü und laung studiat,
das aum End aus oan wos wiad.
A Magista, Dokta oda Inschänäa,
wäu mid so an Titl is ma wea.

Haum Zeit und Göd gföht zan studian,
daun wiad ma nia an Titl kriagn.
Häxtns, ma leist wos bsondas in sein Lebm,
daun duats vielleicht an Eahntitl gebm.

Owa weate Akademika seits gscheit,
a Titl erasetzt koa Menschlichkeit.
Wäu iagandwaun, do sama olli gleich
egal ob mid an Titel, oda oam und reich.

DA TRAUMMAU

Letztn Monat woas, in mein Büaro
sogt aum Telefon a Stimm „Hallo!"
De Maunastimm klingt tiaf, sonoa,
richti aungenehm, fias Fraunoah.

Redt oiwäu freindli und schamant
und schäkat oft mid mia galant.
Wauna plaudat, mid sein Esprie
regta au, mei gaunzi Fantasie.

Auf den Hean wari schau eapicht,
bsondas auf de Gstoit und s'Gsicht.
Owa sicha is dea Mau begeaht
und wiad va vüli Fraun vaeaht.

Do letzti Wocha, wos soli sogn
duada wiakli telefonisch frogn:
„Fräulein Gira, wären sie bereit,
zu einem Treffen, nur zu zweit?"

Dea Hea wü ausgeh! Nua mid mia?
Wos soli sogn? I bi bereit und wia!
Da Treffpunkt is genau Punkt ocht,
im Restarau „Zua schwoazn Nocht".

Aum Saumsta - kinntas ruhig wissn -
howi mi in d'besti Schoin gschmissn.
Neawös und aufgregt bini fuat,
um mein Traummau z'treffa duat.

Wiari s'Lokal betritt, Schlog Ocht
do howi vielleicht Augn gmocht.
Da Traummau is kloa und kuglrund,
hod genau zwoa Zähnd im Mund,

trogt dicki Brühn, ea hod an Kropf,
und es pickt a Pepi auf sein Kopf.
Mei Raudiwu is zwoa galant wia imma
owa leida schiach, waun ned vü schlimma.

DES VASPRECHN

Endli is es hiazt soweit,
des neichi Noanhaus wiad eingeweiht.
Da Stodtrod gibt dazua a großes Fest,
wo nua glodn san, de feinan Gäst.

So is a de Frau van Präsidentn kemma,
wäu so a Glegnheit loßt sa si ned nehma.
Midn Stodtrod si duachs Haus maschiat,
wos sowoi Zimma ois a Noan inspiziat.

Untn in da großn Halle stengan d'Noan,
in Reih und Glied sans aufgstöhd woan.
Da letzti hint in dera laungan Reih,
geht auf si zua, gaunz fraunk und frei.

Voa da Präsidentin vabeigta si dea Noa
und bringt söhnruhig sei Auliegn voa.
„Bitt schä, heans ma zua an kloan Moment,
so dasi ihna schnö eakläan känt,

dasi iwahaupt ned bled und deppat bi,
sondan grod aso noamal wia ea und si!"
Si glei in Stodtrod frogt: „Jo is des woah?
Do hearinn lebt unschuidig a Noa?"

Da Stodtrod dea wiad weiß im Gsicht,
eam is zwida do de gaunzi Gschicht.
Do bevoara nu den Foi eakläan kau,
sogt de Präsidentin za den Mau:

„So woahri de Frau van Präsidentn bi,
moagn in da Friah entlosst ma si!"
Dea Noa wiad bloß in sein Bitschama,
wäula glaubt ea duat des trama.

Voa da Präsidentin foida auf de Knia
und bedaunkt gaunz heazli si dafia.
„Daunk recht schä, Küß d'Haund gnä Frau,
si haum an riesngroßn Gfoin mia dau!"

Daun gengans weida, da Stodtrod und sei Gost,
do wias aum Ausgaung san schau fost,
de Frau van Noan kriagt an festn Spitz,
si draht si um und schreit: „Des is a Witz!"

„Na na, des moani schau gaunz eanst,
des host kriagt, damidst wos leanst!
Wäu duach den Tritt", so moant dea Mau:
„Hoid dei Vasprechn länga au!"

DA WEDAKATALOG

In da Post, so glaubts mas gwiß
a neicha Katalog dabei gwest is.
Ea hoaßt da METREOLOG
und is a Weda-Katalog.

Des Vazeichnis is a echta Haumma,
wäu mid unsan Weda is a Jaumma.
So kauni jetzt des Weda söwa wöhn,
zwischn oanzlne Rubrikn und Tabön.

Ob Sunn, ob Schnä, ob Regnschaua
wiafü Grad und wia laung va Daua.
Und dasi siach obs wiakli funkzioniat,
wiads glei fias Fenstaputzn ausprobiat.

So bestöhli aus den gscheidn Katalog,
a Bewökung fian näxtn Dunastog.
Fian Freida drauf, i kuaz befindt
kunnt ned schodn, a Brise Wind.

Aum Saumsta gaunz spod in da Nocht,
wiad im Feansegn a Gruslfüm gebrocht,
owa damida echt und richti wiaka kau,
schoff i mia a grausligs Dunnaweda au.

Van Summaualaub mogi goa ned redn,
den wea braucht do schau an Regn.
Dagegn in d'Wintaferien do dats weh,
gabts weda Kötn nu an Schnä.

So sogi schnö duachs Telefaun,
da Frau Holle mei Bestöhlung aun.
Zwoa Tog späda, do kimmt akurat
a Nochricht, diarekt via Himmis-Sat.

„Werter Mensch, da unt' auf Erden,
aus ihrer Bestellung wird nichts werden.
Wir erstellen zwar fleißig die Prognosen,
doch auf der Reise geht alles in die Hos'n!"

DE STOAKI WOCHN

Im Gästehaus ban Tscheana,
do hoaßt da Haushea Wearna.
Ob und zua do kimmt es voa,
dasa vasumpft, so togweis in an Joah.

In so oana stoakn Wochn - akurat -
stengan Gäste in sein Haus parat.
Dawäu de Frau si um de Leit bemüht,
si da Wearna bis zan Raund ohfüht.

Wosa natiali in sein Daumpf ned woas,
de Gäst keman aus Afrika, wos hoaß.
Aum drittn Tog, um zehni voamittog -
da Wearna kimmt grod ausn Bod -

steht a schwoazes Diandl voa da Tia,
des kimmt den Wearna owa komisch via.
Drum gehda schnö nu oamoi zruck
und woscht si s'Gsicht mid oan Ho-Ruck.

Kimmt daun wieda außa ba da Tia,
steht a des zweite Diandl nu dafia.
Hiazt woasa aum End ned recht,
is des da Wei, oda siachta schlecht.

Dea Zuastaund kimmt eam ned richti voa,
drum woschta si den Kopf midsaumt de Hoa.
A dritts Moi gehda voa des Bodezimma,
ea kaus ned glaum, de Loge is nu schlimma.

Via Schwoazi stengan do, wean jedsmoi mea!
Liawa Bachus, dea Zuastaund is ned fäa.
Ea rumpit z'ruck in d'Bodekaumma,
wäu de Sicht is heit a Jaumma.

Sitzt si aufs Klo, schlogt d'Händ voas Gsicht
und seina Resi häuli ea vaspricht:
„Oidi! Oas steht fest, is sunnankloa
es woa s'letzti Moi, dasi so bsoffa woa!"

A RUICHE WOHNUNG

Es suacht da Meia Klaus,
a ruiche Bleibe in an Haus.
Drum wendta si aun a Büaro,
wäu de san iwa jedn Mieta froh.

A kloani Wohnung ruich und stüh,
nua sowos unbedingt da Klausi wü.
Da Vamieta hod mid eam sei liawi Not,
da Klausi iwaroi wos auszusetzn hod.

Paks und Stadion de san passä,
wäu duat san Kinda in da Näh.
Ned amoi a Kiacha kau eam lockn,
do steaht s'Bimmin va de Glockn.

A s'Industriegebiet kimmt ned in Frog,
duat is nua laut den gaunzn Tog.
So wia aum Giatl, wo vüle Autos foahn,
oda in Kagran, wos oiwäu Stroßnlächa boahn.

In da Sitti, is Wohna nua a fristn,
do kimmt da Läam va de Touristn.
Do foaht de Bim in dera Stroßn
und duat is a Baa in dera Gossn.

A im Reihnhaus bleibta koa Stund,
do haum de Nochbasleit an Hund.
Sogoa aum Laund is eam nix recht,
do steahn de Grühn und a da Specht.

Hiazt wiad da Vamieta owa granti
und sogt zan Klaus recht hanti:
„Iha Ruhebedüafnis des is wiakli oag,
do was bessa, si suachan si an Soag!"

DES BLAUI WUNDA

Pipaln duada gean da Lois,
kriagt niamois voi sein Hois.
Sei Göd trogt ea zan Wiat,
und s'Bäasl oiwäu lara wiad.

Oamoi, wia schau Speastund woa
und s'Göd woa a längst goa,
hoamli is da Lois in Kölla gaunga,
wäu d'Guagl duat an Wei valaunga.

Do in sein Tami, ea nix siacht,
findt koan Schoita fia des Liacht,
drum duats eam gaunz schä wandln,
muass si laungsaum viarihandln.

Daun endli hodas gschofft,
dohea zan guadn Rebmsoft
und glei hängan seini Lippm,
untn drau aun dera Pippm.

Druckt d'Augn zua voa Genuss,
midn diaschtn is hiatzt Schluss.
Daun schreida owa, dass schä zischt:
„I hob an Essig hiazt dawischt!"

S'ZÄHNDWEH

Liegt ma nu ois Seigling drin im Bett,
hod ma schau des easchti Gfrett.
Ba jedn oanzlnen kloanan Zaun,
faungt de Pläararei va neichn aun.

Kaum hod ma endli olli Zähnd,
is des denan easchtn schau ea End.
Es keman noch und noch de zweitn,
des duat gaunz voan a Loch bedeitn.

Hiazt muas mas zwoamoi tägli putzn,
sunst duat de gaunzi Pfleg nix nutzn.
Trotzdem, ma oft Zähndweh kriagt
dass ma glaubt, dass Hian wegfliagt.

Da Zaunoazt is hiazt riesi gfrogt,
dea wos oan hüft und a berodt,
mid Blombm, Kronan, Bruckn
schliaßta oan de großi Luckn.

Is nix mea z'rettn, gaunz unumstrittn
easetzta de Zweitn duach de Drittn.
De Kostn de tan da zwoa ned gfoin,
owa da Dokta muaß sei Praxis zoihn.

Is a s'Zähndweh oft a laungi Gwoi,
is do de schänsti Kraungat olli Moi.
Si kau da zwoa vü Tog vadeabm
und trotzdem brauxt ned steabm.

ZIAKUSLEBM

In da sogenaunntn Oawatswöd,
gehts zua wia untan Ziakuszöt.
Mid Atistn, Klauns und Attraktionen,
duat oan des Lebm ned vaschonen.

Ois Diarekta da Owaboß fungiat
und de Künstlatruppm dirigiat.
Pea Oakesta wiad da Takt voagebm,
wia de Hackla haum zan strebm.

Hoch in da Kuppi obm, aum Säu,
schwingan d'Menetscha ea Hintatäu.
Fliagn duach de Luft ois Akrobatn
und beheaschn uns wia Büarokratn.

In jedn Ziakus gibts a oan Domptöa,
des mocht da Betriebsrod, bitte seha.
Wüdi Viecha duada zahm dressian,
um si stoiz voa Publikum zu präsentian.

De Klauns, des san de kloan Kollegn
wos fia d'Pause brauchan, de Strategn.
Si rennan, springan und schonglian,
egal obs gsund san, oda laboarian.

Solaung da Ziakus aufrecht steht,
des Lebm in da Maneschn weidageht.
Owa geht da Boß oisa reicha in Pension,
daun is vabei mid da Riesnattraktion.

De Menetscha de faungt a sichas Netz,
da Dompteur schnö ausn Käfig hetzt,
nua fia de Klauns gibts koan Applaus,
de schickt ma ohgschminkt ausn Haus.

ZUKUMPFTSAUSSICHTN

Schau i mia daun und waun,
Büda iwa unsa Zukumpft aun -
wos uns im Feansegn zogan -
gruslts mi va Iwamoagn.

Woiknkrotza si in Himmi hebm,
wo Singls und Kompjuta lebm.
Mittels Satellit und Intanet,
des Lebm neichi Wege geht.

Wödweit vakawid und vanetzt,
wiad koa Fuaß auf d'Stroßn gsetzt.
De Technik hods voibrocht,
das ma ollas va dahoam aus mocht.

Pea I-Mäl d'Oawat kimmt ins Haus,
bestöht a Genmenü waun s'letzti aus,
oda telefoniat a Rantl mittls Händi,
noch Amerika zua Missis Mändi.

In Zukumpft wiads koan Ualaub gebm,
ausgrott is des Tia und Pflaunznlebm.
Unsa Umwöd is nua mea Stoanawüste.
drum söaft ma wia Intanet zua Küste.

Plogn an Singl owa köapaliche Triab,
suachta mittls „Web-Seit“ noch da Liab.
Leida duats do koani Kinda gebm,
foigli kima so a Zukumpft ned dalebm.

Ernestine GIRA wurde am 1. 4. 1956 in Lilienfeld/Niederösterreich geboren, lebt seit 1987 mit ihrem Ehemann in Wien.

Bisher veröffentlicht:
„Va iwaroi a bissl wos" – Mundartreihe - Edition Weinviertel 1996, "Ganz einfach Liebe – Liebesgedichte – Edition Wendepunkt 2007, „Immerwährender Kalender" Haiku/Senryu mit Farbbildern von Fr. Brigitte Egretzberger in der Edition Wendepunkt 2007, „Von Neujahr bis Silvester" – Poesie im Jahreskreis – Edition Wendepunkt 2010.

Diverse Veröffentlichungen in elf verschiedenen Anthologien. - Regelmäßige Veröffentlichungen in:
„Literaturedition Lebenszeichen" und „Lyrische Saiten"

„Die Hölle auf Erden" (Krampusspiel) in Co-Autorenschaft mit Fr. Friederike Amort
Uraufführung 5.12.1996 in Stainach/Stmk./Österreich

E-Mail: ernestine.gira@aon.at
Homepage: www.gira-ernestine.at